CHAMBORD,

OU

LES ARTS SAUVÉS

PAR LA NAISSANCE

DU DUC DE BORDEAUX.

DE L'IMPRIMERIE DE CORDIER.

CHAMBORD,

OU

LES ARTS SAUVÉS

PAR LA NAISSANCE

DU DUC DE BORDEAUX;

ODE

DÉDIÉE AUX ROYALISTES QUI ONT SOUSCRIT POUR
L'ACQUISITION DE CE CHATEAU, ET POUR SON
OFFRANDE AU PRINCE RÉGÉNÉRATEUR DE LA MAISON
DE BOURBON.

Par C.-A. CHAMBELLAND,

AUTEUR DE LA VIE DU PRINCE DE CONDÉ.

A PARIS,

A LA LIBRAIRIE MONARCHIQUE
DE N. PICHARD, QUAI CONTI, N.º 5,
PRÈS LE PONT-NEUF.

1820.

CHAMBORD,

OU

LES ARTS SAUVÉS

PAR LA NAISSANCE

DU DUC DE BORDEAUX.

Quand du Nil la rive féconde
Présente aux regards attristés,
D'édifices l'orgueil du monde,
Les lambeaux des ans respectés ;
Le voyageur sévère et juste,
Admirant la ruine auguste,
S'incline au nom de Sésostris ;
Mais bientôt il voue au Tartare
L'insensé dont l'ordre barbare
A couvert Thèbes de débris (1).

Aux murailles du Colisée,
Qu'un foudre de guerre ébranla,
On lit sur la pierre brisée
Tous les ravages d'Attila.
Et si l'on cherche dans Athène
Cette tribune où Démosthène
D'un geste maîtrisait les cœurs,
Privés de ce noble héritage,
Les Grecs en accusent la rage
Du plus stupide des vainqueurs (2).

Ainsi par le délire impie
Qui combat le marbre et l'airain,
Un peuple chèrement expie
L'attrait du pouvoir souverain.
Tels furent les fils de l'Attique,
De Rome et de l'Egypte antique.
Du génie en perdant les fruits,
Ils s'irritaient du sort des armes,
Et mouillaient d'abondantes larmes
Leurs temples, leurs cirques détruits.

Mais le culte que, d'âge en âge,
On rend à ses restes sacrés,
Console d'un sanglant outrage
Ces lieux de Clio révérés.
De l'extrémité de la terre
On vient explorer la poussière
Du vieux tombeau des Pharaons;
De Thémistocle on suit la trace,
Et l'on s'arrête où fut la race
Des Fabiens et des Scipions.

O France! ô ma chère patrie!
Fixe mon esprit incertain!
A jamais seras-tu flétrie
Par un plus rigoureux destin?
De toute splendeur dépouillée,
Jusqu'en tes entrailles fouillée
Resteras-tu sans monumens?
Et le sillon de la charrue
Doit-il dérober à la vue
Jusqu'à leurs derniers fondemens?

Parcourant tes mornes provinces ,
A l'avenir un étranger
Sur la demeure de tes princes
Ne pourra–t-il t'interroger ?
Et dans un pieux sanctuaire ,
Pour y déposer sa prière ,
S'il demande à porter ses pas ,
Ton sol , par un honteux silence ,
Des autels accusant l'absence ,
Lui dira-t-il : *N'avancez pas ?*

Du ciel la sentence fatale
Te punissant de tes erreurs ,
De la colère du Vandale
T'a donc réservé les horreurs ?
Non , lorsque l'Europe liguée
De ton pesant joug fatiguée
Vint former un pacte avec toi ,
D'être libre enfin satisfaite ,
D'oublier sa longue défaite
On la vit s'imposer la loi.

Tu craignais à tort sa furie
Et ses projets ambitieux ;
L'éclat de ta rare industrie
Avait trop ébloui ses yeux.
Le Breton et le Scandinave ,
Le Scythe , le Germain , le Sclave
Enviaient tes travaux brillans ;
Mais de la force les prestiges
Cédèrent aux nombreux prodiges
De treize siècles de talens.

Triomphe digne de mémoire !
Qui sur nos neveux réfléchit,
La puissance de la victoire
Devant nos chefs-d'œuvre fléchit ;
De même l'habile contrée , (3)
Par Confucius éclairée ,
Voit tomber deux fois ses remparts,
Et deux fois des mains qui la frappent
Le fer et la flamme s'échappent
Pour saisir le sceptre des arts.

Mais d'un plus sublime spectacle
Nous laisserons le souvenir ;
Et des beaux arts un tel miracle
A nous seuls peut appartenir.
Trente nations rassemblées
Ont admiré de nos trophées
La grandeur et le goût exquis ;
Et les rois étonnés , permettent
Qu'au temps nos palmes se transmettent
Par le bronze sur eux conquis (4).

Hélas ! vains tributs de l'estime !
Nos plus précieux ornemens
Sous un effort illégitime
S'effacent à tous les momens !
Des publicains la bande affreuse (5) ,
Dans une attaque ténébreuse,
Marche de succès en succès ;
Et ce ramas de parricides ,
De dévastations avides ,
O douleur ! ce sont des Français !

Voyez cette ombre meurtrière
Qu'enveloppe un nuage épais,
On lit sur sa noire bannière :
« Plus de châteaux, plus de palais. »
A sa voix, la troupe docile
S'apprête à démolir l'asile
De l'Honneur et de la Vertu ;
Et bientôt, par un zèle insigne,
Le toit que le monstre désigne
Sous le pic se trouve abattu !

Funeste arrêt ! j'entends la hache
Rompre de superbes lambris ;
En mille blocs le soufre arrache
Ces murs par un forfait proscrits !
L'ogive, à l'Arabe empruntée,
La tour dans les airs projetée
Nous offrent leurs membres épars ;
Et de la coupole embellie
Des richesses de l'Italie,
La chute consterne les arts.

En tous lieux des vastes décombres
Blessent l'œil et le sentiment ;
Partout des conspirateurs sombres
Sapent un illustre ciment !
Cessez, spéculateurs cupides,
Suspendez vos calculs perfides
Devant le manoir de Clisson ;
De Bayard fuyez les approches (6),
Et du chevalier sans reproches
Épargnez du moins la maison.

Conseils tardifs! stériles plaintes!
Au brigandage il faut un prix!
On livre même à ses atteintes
De nos rois les séjours chéris!
La voûte où le second Philippe (7)
De nos droits grava le principe,
A subi le commun affront;
Et des fiers créneaux de Vincennes,
Témoin de mémorables peines,
L'abaissement fut aussi prompt (8).

Quoi! de ce désastreux vertige
Nul sage ne nous guérira!
Quoi! de nos trésors nul vestige
Dans un lustre n'apparaîtra!
Et comment avoir l'espérance
De les conserver à la France?
C'est former des vœux superflus :
L'enceinte où la Charte immortelle
Reçut une force nouvelle
Existait hier, et n'est plus (9)!

Tremblez! ô Muses de Versailles!
On prépare aussi votre exil;
Vous qui bravâtes des batailles (10),
Redoutez un autre péril:
Du grand Roi la secte ennemie
Sous un voile d'économie
Déjà médite un vil projet.
Elle veut l'or qui chez vous brille,
Et vous expulser en famille
Avec Lebrun et Le Puget.

La horde jusqu'aux Pyrénées
Des lis insultant tout abri,
Exposera même aux criées
Les langes du vainqueur d'Yvry.
Sa main criminelle et rapace,
A chaque heure croissant d'audace,
Pollûra nos doctes dépôts;
De Dagobert l'informe trône,
De Charles la triple couronne,
Disparaîtront sous ses marteaux (11).

Et vous, célèbres basiliques,
Comment éviter son courroux?
Croyez : vos parvis magnifiques
Ne sont point exempts de ses coups!
Demain, plus de myrrhe peut-être,
Plus d'accords pour le divin maître
Sous vos arceaux retentissans !
Une ligue aveugle, insensée,
De vous renverser est pressée,
Pour ne plus ouïr vos accens.

Mais, ô scandale ! ô frénésie !
Qu'aperçois-je en des jours futurs !
Quelle proie est encore choisie
Pour remplir ses coffres impurs !
Des Gaules la triste surface
Ne présentait plus qu'une place
Où fut debout un monument :
Des braves c'était la colonne ;
La bande convoite, elle ordonne,
Et le métal coule à l'instant.

Sort cruel ! pour nous plus d'ancêtres !
Plus d'intéressans souvenirs !
Tout s'éclipse , jusques aux maîtres
Long-temps l'objet de nos désirs !
Des Bourbons la sève épuisée
Semble , dans une branche usée ,
Terminer son cours si fameux ,
Et ces princes qui firent gloire
Des beaux fastes de notre histoire ,
S'enseveliront avec eux,

Ainsi s'exprimait du poëte
L'âme abandonnée au chagrin ,
Qand le canon , signal de fête ,
Rend notre horizon plus serein.
Il est né , le fils d'Henri Quatre !
Et la tige prête à s'abattre ,
Se lève pleine de vigueur !
Il est né , le fils des victimes ,
Pour fermer d'horribles abîmes,
Et nous ramener au bonheur !

Des ruines le noir Génie
Recule tout glacé d'effroi ;
Sa tâche, à cette heure , est finie :
La France compte sur un Roi.
Les niveleurs sont immobiles ;
Leurs bras et tremblans et débiles
Quittent l'instrument destructeur !
Ainsi du crime la carrière
Expire où s'ouvre la paupière
De notre dieu conservateur !

Tel, dans Homère ou dans le Tasse,
Du retour prochain d'un héros
On voit que la seule menace
Contraint des méchans au repos ;
Tel, sortant du sein de sa mère,
Le lionceau, d'un cri sévère,
Chasse un reptile au fond des bois ;
Tel l'astre que le Guèbre adore,
Du premier rayon de l'aurore,
A la nuit impose les lois.

Mais dans la délirante ivresse
Qui des Français remplit le cœur,
On distingue un chant d'allégresse
Où déjà régnait la terreur.
De la Loire c'est la Naïade
Qui se joint à l'Hamadryade
Des bosquets touffus de Chambord,
Et qui, d'une urne vagabonde
Près du Cosson versant son onde,
Baigne avec lui cet heureux bord (12).

Les haches, toutes conjurées,
S'avançaient pour y pénétrer ;
Mais les déesses rassurées
Viendront toujours y folâtrer.
L'amour et la reconnaissance,
En manifestant leur puissance,
Protégent ces lieux enchanteurs :
Caen donne un signal, et nos villes (13)

Arrachent Chambord aux mains viles
De cent lâches traficateurs. *

Echos de la vieille Neustrie,
La voix de Bordeaux vous répond !
Peuples fidèles , la patrie
De chêne ornera votre front !
O cités , rivales de zèle !
En couvrant Henri de votre aile ,
Vous gagnez un éclat nouveau :
Le nom du fils de la couronne ,
C'est l'une de vous qui le donne ,
Et l'autre indique son berceau.

Oui , Chambord , tes nobles tourelles ,
Tes balustres si délicats ,
Sur qui de légères dentelles
En travail ne l'emportent pas ,
Et tes deux rampes suspendues ,
Et tes flèches touchant aux nues ,
Et tes portiques fastueux ,
Et ta divine galerie ,
Echappent à la barbarie
Pour loger l'enfant précieux !

(*) Ce mot est de nouvelle création, mais ce
néologisme est utile et de bon goût. L'invention en
appartient à un de nos tragiques modernes, qui, dans
une pièce que le succès a couronnée, l'a placé
encore plus heureusement qu'il ne l'est ici.

Jeune Prince , notre espérance ,
De nous tous accepte ce don ;
Le courage dans la souffrance
Sera ta première leçon.
Ecoute François qui t'appelle (14),
Pour t'enseigner par son modèle
Qu'on peut tout perdre , *fors l'honneur* ;
Et vois l'ombre du grand Maurice (15),
Qui , te prenant de ta nourrice ,
Devient ton second gouverneur.

Il croît , l'élève de tels maîtres ,
Et des Beaux-Arts il prend le goût ;
Comme le firent ses ancêtres ,
Il met le savoir avant tout :
Du souverain à qui la France
Des lettres doit la renaissance ,
Il suit le glorieux dessein ;
Pour nous instruire , il interroge
Lascaris , Le Bembe , Le Pogge ,
Et Léonard et Jean Cousin (16).

Quelle grâce , alors qu'il dispense
Les largesses et les honneurs !
Les artistes qu'il récompense
Sont enivrés de ses faveurs !
Aux modernes rendant justice ,
Il place vers le Primatice
Gérard , Pujol et Girodet ;
Et vis-à-vis d'un Michel-Ange ,
Le buste fortuné qu'il range
Est d'un élève de Chaudet.

Nombreux soutiens de notre école,
Que sur ces plafonds le pinceau,
Dans quelqu'ingénieux symbole,
Rivalise avec le ciseau;
Ne retracez point de batailles;
Assez et bien trop de murailles
Dégoûtent du sang des humains :
Louis Neuf domptant la licence,
Charles Cinq ouvrant la science,
Seront plus dignes de vos mains.

Qu'aussi notre amour y remarque,
Des plus doux tributs entouré,
Le bon, le généreux Monarque
De tous les Français adoré;
Que les démons de la discorde,
Vaincus par sa miséricorde,
Lui rendent grâces de leurs fers;
Et près de Virgile et d'Horace,
Peignez-le, quand il se délasse,
En jouant chez le dieu des vers.

Celle qui de Blanche et de Jeanne
Réunit les vivans portraits,
Celle que le poignard condamne,
Hélas! à d'éternels regrets;
Dans ces éloquentes images
Puisera des préceptes sages
Pour l'enfant qui doit nous régir;
Mais d'elle seule il peut apprendre,
Par un récit cruel et tendre,
Comment pardonner et mourir.

Que vois-je ! un esprit prophétique
De mes sens vient-il s'emparer ?
Ou vers quelqu'objet fantastique
L'erreur veut-elle m'égarer ?
C'est l'avenir que je contemple !
Henri Cinq imite l'exemple
Que Louis Quatorze a donné ;
Mais il fait plus, il le surpasse,
Et de son règne tout l'espace
Charme l'univers étonné.

Il commande, et l'architecture
Relève d'immenses débris ;
Des temples la riche structure
Partout frappe les yeux surpris ;
Nos provinces, d'ornemens veuves,
Rentrent, par mille beautés neuves,
Dans leur primitive splendeur ;
Et les prodiges que l'on vante,
Des jours de Sixte et de Bramante
Sont loin de semblable grandeur.

Subjugués par tant de merveilles,
Les hommes aiment son pouvoir,
Contens, ils n'ouvrent leurs oreilles
Qu'au seul langage du devoir.
Si l'incorrigible sophiste
Déclame encore, et s'il persiste
A fronder les ordres des Rois,
On ne répond à sa démence
Qu'en lui présentant cette France
Où l'art fleurit avec les lois.

Mais les hauts destins s'accomplissent ;
Henri rentre au toit paternel !
Versailles, tes bois reverdissent (17)
Dans le jour le plus solennel !
Cinquante ans tes Nymphes craintives
Élevèrent des voix plaintives
Pour rappeler leur Souverain ;
Cinquante ans un profond silence
Leur apprit que de son absence
Tant d'amour gémissait en vain.

Tu revois donc un maître auguste
Parcourir tes pompeux salons,
Palais, à qui ton siècle injuste
Imposa des deuils aussi longs !
De Montespan, de La Vallière,
L'ombre à tous les talens si chère (18),
S'en réjouit avec Mignard ;
Et Boileau, Poquelin, Racine,
Entonnent une hymne divine
Sous les portiques de Mansart.

Plus que jamais de la couronne
Les rayons sont resplendissans :
Enfin la majesté du trône
Trouve des appuis renaissans !
Catinat, Villars et Turenne,
Ranimés d'une ardeur soudaine,
Au crime en défendent l'abord ;
Et *Dieudonné*, fort de sa cause,
Au lit de *Dieudonné* repose (19),
Mais sans abandonner Chambord.

NOTES.

(1) Cambise.

(2) Les Turcs.

(3) La Chine. Deux fois les Tartares, en forçant la grande muraille, se sont emparés de ce vaste empire, et deux fois ils ont adopté les lois, les coutumes, les mœurs, les arts du peuple vaincu.

(4) La colonne de la Place Vendôme.

(5) Les acquéreurs d'édifices publics, connus sous la dénomination de *Bande noire.*

(6) Château de la famille des Duterrail, et dans lequel Bayard est né. Ce grand homme en avait pris le nom.

(7) On voyait encore dans le pays Chartrain, au commencement de 1814, les restes d'un vieux château, où l'on remarquait une salle dont la voûte était ornée de bas-reliefs gothiques, représentant un homme à genoux qu'un prince faisait relever d'un geste. La tradition prétendait que c'était un monument destiné à perpétuer le souvenir de l'affranchissement des communes, et l'attribuait à Philippe Auguste.

(8) On a rasé les tours de ce château pour en faire des terrasses.

(9) Celui de Saint-Ouen d'où Louis XVIII a daté sa solennelle déclaration, à sa seconde rentrée dans sa capitale, est entièrement démoli.

(10) En 1815, un grand combat a été donné au milieu de Versailles, et les troupes étrangères ont long-temps occupé cette ville, mais aucune dégradation n'a été faite au château.

(11) Dans le cours de la révolution, les joyaux, les reliques ayant appartenu à nos rois ont été détruits; mais plusieurs bibliothèques, des musées et des sacristies, se flattent encore de posséder des antiquités précieuses qui ont orné la tête de Charlemagne et d'autres princes.

(12) Les eaux du Cosson qui remplissent les fossés de cette superbe demeure.

(13) Un habitant de Blois a réclamé contre la vente de Chambord; mais c'est la ville de Caen qui, la première, a

régulièrement proposé de racheter cette résidence et d'en faire don au Duc de Bordeaux.

(14) C'est François I.er qui a fait bâtir ce château.

(15) Le prince Maurice, le vainqueur de Fontenoy, connu sous le nom de Maréchal de Saxe, a fini ses jours à Chambord.

(16) François I.er y avait réuni les principaux ouvrages de Pogge, qui était mort quelque temps avant sa naissance, et un grand nombre de lettres de Jean Lascaris et du Cardinal Bembe, les hommes les plus doctes de son temps. Il y avait aussi rassemblé quelques ouvrages de Léonard de Vinci, et fait commencer, d'après ses dessins, plusieurs fresques qui furent continuées par Jean Cousin, dont la naissance suivit de près la mort du père des lettres et des arts. On voit encore dans diverses parties du château quelques fragmens de ces beautés aujourd'hui perdues pour nous. On y remarque particulièrement les restes des portraits des savans grecs qui vinrent en Italie, après la prise de Constantinople.

(17) Le poëte suppose qu'Henri V pourra habiter Versailles dans vingt ans.

(18) La poésie, l'histoire, les romans, le théâtre, la peinture, la sculpture et la gravure, tous les arts enfin se sont emparés du nom et du souvenir de ces femmes célèbres, et les ont offerts à notre imagination sous mille aspects séduisans.

(19) Louis XIV reçut comme notre jeune Henri, le surnom de *Dieudonné*. Philippe Auguste l'a aussi porté, et l'on sait que ces deux princes ont bien montré qu'ils en étaient dignes. *O spes!*

L'auteur met actuellement sous presse une nouvelle brochure, sous le titre de DESCRIPTION DU CHATEAU DE CHAMBORD, DEPUIS SA CONSTRUCTION PAR FRANÇOIS I.er, JUSQU'A NOS JOURS,

Où l'on verra les différens changemens qu'il a éprouvés; les anecdoctes curieuses des grands personnages qui l'ont habité, et le récit des jeux tournois, carrousels et fêtes qui y ont été donnés pendant près de trois siècles;

Avec deux vues de ce château célèbre.

FIN.

www.ingramcontent.com/pod-product-compliance
Lightning Source LLC
Chambersburg PA
CBHW061508170626
46811CB00004B/1658